御定奇門秘訣卷之四

訂釋煙波釣叟歌上

軒轅黃帝戰蚩尤涿鹿經今苦未休偶夢天神授符訣登壇致祭謹虔修神龍負圖出洛水彩鳳啣書碧雲裏因命風后演成文遁甲奇門從此起

軒轅黃帝姓公孫名軒轅有熊國君之子也蚩尤

姓姜名蚩尤炎帝神農之裔也當時蚩尤喜兵亂好作刀戟大弩以暴虐天下兼并諸侯荒縱無度炎帝榆罔不能制遜居涿鹿軒轅徵師諸侯與蚩尤戰於涿鹿之野蚩尤作大霧軍士昏迷軒轅造指南車以示四方遂擒蚩尤而戮於絕轡之野於是諸侯咸歸遵軒轅為黃帝元年帝得六相而天下治偶夢天神授以符訣而龍授以圖帝齋戒沐浴登壇致祭忽有大魚沂河而上負圖而進帝跪

寔甚風后約宂歸簡以一歲分為四季每季九十日一日十二時合一季九十日之時而統計之共該一千八十時定為一千八十局亦仍黃帝之法而四分之遂為一千八十局此風后奉黃帝之法當時之所制也

太公刪成七十二

周之太公以一歲二十四歲每氣該三候合二十四氣之候而總計之共該七十二候遂刪成七十二局

逮於漢代張子房一十八局為精緻

逮於漢時之張子房受黃石公之傳制為陽遁九局陰遁九一歲之中止一十八局然一千八十刪成七十二局又刪成一十八局疑其或有遺漏也然局雖定為一十八局而一歲之中仍用二十四氣每氣一之中仍分三元合四季之八節而統計之仍七十二候為七十二局又於一氣分為三元

五日之中共六十時為六十局半月之中共一百八十時一月之中共三百六十時每一時為一局一月實三百六十局一歲有四季一季每三月三三九該九百局又三六一十八共該一千八十局與太公之七十二風后之一千八十無不吻合此其訣何精深而密緻也

先須掌上排九宮縱橫十五在其中

先於掌上排遁九宮以為陰陽順逆起例之訣

遁九宮圖

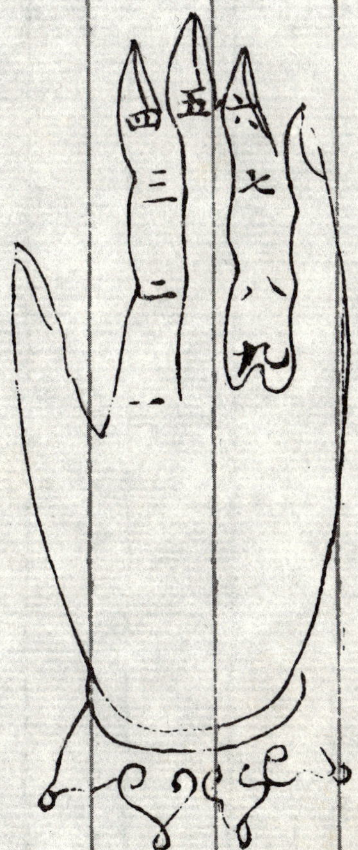

又於掌上排內九宮以定四面八方與中央之宮位其宮以橫數之巽四離九坤二共一十五數震

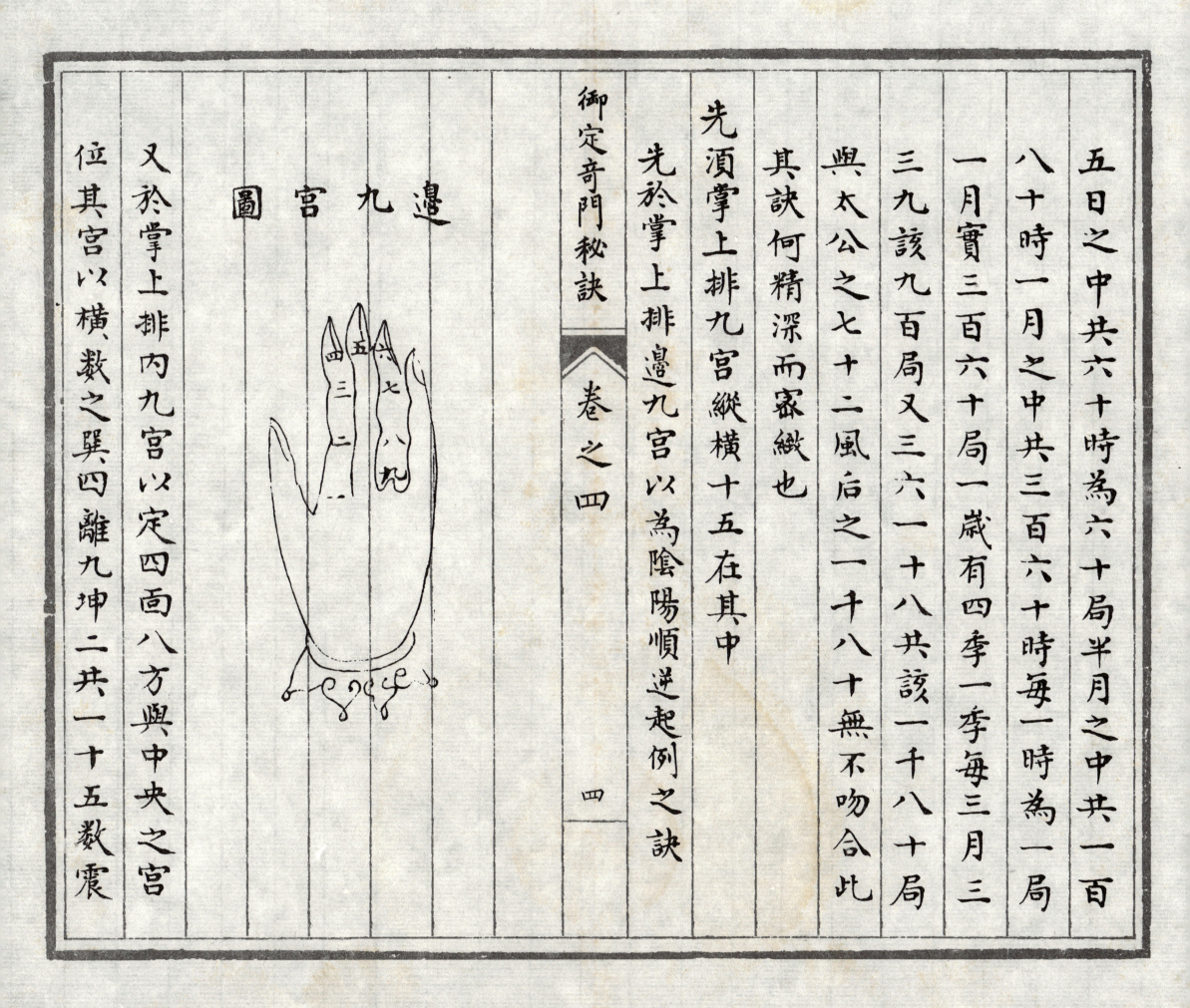

三中五兑七共一十五數艮八坎一乾六共一十五數以順數之巽四震三艮八共一十五數離九中五坎一共一十五數坤二兑七乾六共一十五數以斜數之巽四中五乾六共一十五數坤二中五艮八共一十五數故曰縱横十五在其中然無邉不便於起順逆無内九宮不便於定方位所以先須掌上排九宮焉

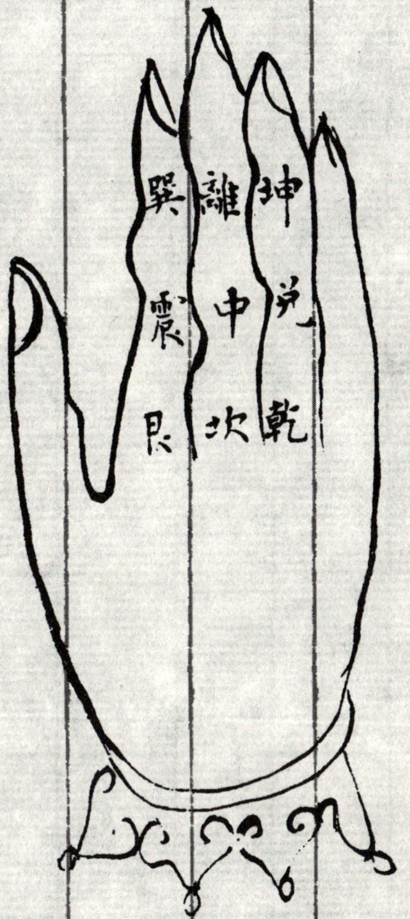

次将八卦論八節一氣縱三為正宗

天地定位有八方以按八卦風后見及於此一歲

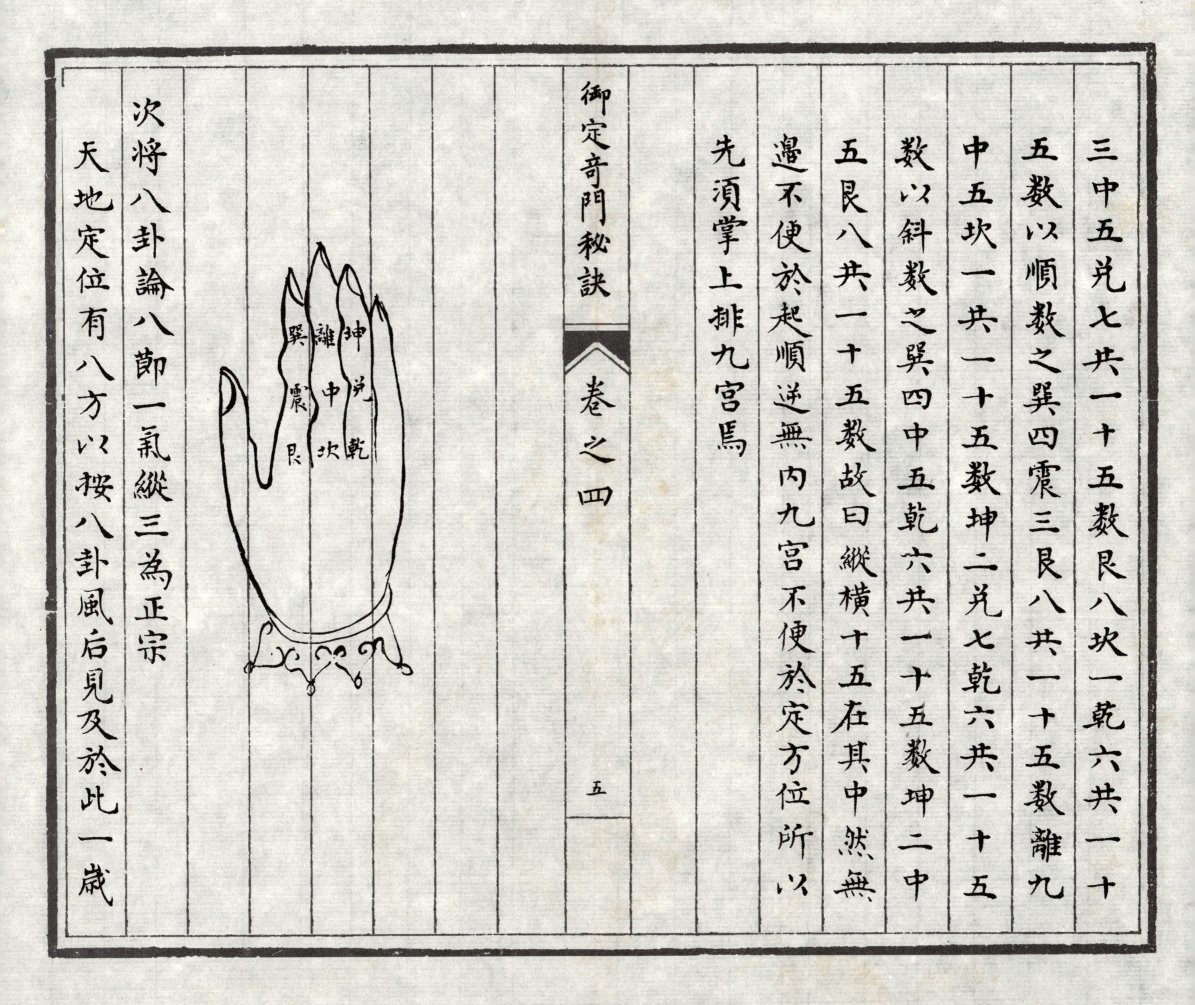

之中以一月分為二氣上半月為立節下半月為中氣每歲一十二月定為二十四氣其氣之正當其卦者為四立為二至為二分其節氣之不當卦者每於有卦之節氣下各有二氣其當卦之氣為一元餘不當卦之二氣次為二元又次為三元皆以當卦之氣統乎下餘之二氣焉有歌在左

冬至坎宮起　立春艮上求　春分當震位
立夏巽宮遊　夏至離宮住　立秋向坤搜

秋分居兌七　立冬趨乾流

九陽節氣歌

冬至小寒及大寒　天地人元一二三
立春雨水并驚蟄　依艮順增八九一
春分清明并穀雨　從震順行三四五
立夏小滿芒種氣　四五六兮列成例

右歌陽遁九局以當卦之一氣為天元順數統所餘之二氣即於每氣之中定上中下三元也其法於

掌上排內九宮在艮位當安卦之一節為天元震宮安無卦之第二氣為地元巽宮安無卦之第三氣為人元即於艮宮順数當卦天元氣之之数震宮順数地元氣之数巽官順数人元氣之数次於乾宮接人元氣之数乾宮順数自兌宮数至坤宮又次於坎宮接坤宮所数之数順数自中宮数至九宮則艮宮為天氣之上元坎宮為天氣之中元乾宮為

天氣之下元震宮為地元氣之上元中五為地元氣之中元兌宮為地元氣之下元巽宮為人元氣之上元離宮為人元氣之中元坤宮為人元氣之下元假令欲求冬至小寒太寒之上元中元下元即於艮宮預安冬至震宮預安小寒巽宮預安大寒却先從艮宮数一震宮数二巽宮数三乾宮数四兌宮数五坤宮数六坎宮数七中宮数八離宮数九從

艮横看則艮宮是一坎宮是七乾宮是四即冬至之一七四從震宮横看則震宮是二中宮是八兑宮是五即小寒之二八五從巽横看則巽宮是三離宮是九坤宮是六即大寒之三九六此陽遁順行之例也餘倣此

冬至驚蟄一七四
小寒二八五為次
大寒春分三九六
立春八五二陽局
雨水九六三無失
清明立夏四一七
穀雨小滿五二八
芒種九三六為法
此是陽遁九宮訣
初上次中末下察

人元	坤六	離九	巽三	大寒
地元	兑五	中八	震二	小寒
天元	乾四	坎七	艮一	冬至
	次	又次	先	

九陰節氣歌

夏至小暑及大暑　九八分七還退数
立秋處暑並白露　從二却行於一九
秋分寒露及霜降　七六五分以此向
立冬小雪並大雪　六五四分作此訣

右歌陰遁九局以當卦之一氣為天元逆数統所餘之二氣即於每氣之中定上中下之三元也其法於掌上排内九宮在靈位安當卦之一節為天元震宮安無卦之第二氣為地元巽宮安無卦之第三氣為人元即於艮宮逆数當卦天元從之數震宮逆数地元氣之数巽宮逆数人元氣之数次於乾宮接人元氣之数逆数自兑宮数至坤宮又次於坎宮接坤宮所数之数逆数自中宮数至九宮則艮宮為天元氣之上元坎宮為天元氣之中元乾宮為天元氣之下元震宮為地元

氣之上元中五爲地元氣之中元兌宮爲地元氣之下元巽宮爲人元氣之上元離宮爲人元氣之中元坤宮爲人元氣之下元假令欲求夏至小暑大暑之上元中元下元即以艮宮預安夏至震宮預安小暑巽宮預安大暑却先從艮宮数九震宮数八巽宮数七乾宮数六兌宮数五坤宮数四坎宮数三中宮数二離宮数一從艮橫看則艮宮是九坎宮

是三乾宮是六即夏至之九三六從震橫看則震宮是八中宮是二兌宮是五即小暑之八二五從巽橫看則巽宮是七離宮是一坤宮是四即大暑之七一四此陰遁逆行之例也餘倣此

夏至白露九三六

小暑八二五陰局

大暑秋分七一四

人元 地元 天元

坤四 兌五 乾六

立秋二五八宫惣
處暑一四七宫是
離一　中二　坎三
霜降小雪五八二
寒露立冬六九三
巽七　震八　艮九
大雪四七一宫缄
大暑　小暑　夏至
此是九宫陰遁歌
初上次中末下擔

陰陽二遁分順逆一氣統三人莫析

此言地盤之法也自冬至至芒種為陽遁九局皆順布六儀逆布三奇自夏至至大雪為陰遁九局皆逆布六儀順布三奇此一氣言每月之中各有二氣上半月為節氣管一十五日下半月為中氣管一十五日每一氣遇甲子甲午已卯已酉為上元管五月遇甲寅甲申已巳已亥為中元管五日遇甲辰甲戌

己丑己未為下元管五日是每半月一氣而
統乎上中下三元
五日都來換一元超神接氣為準的
一日有十二時五日共該六十時自甲子甲
午己卯己酉起甲子時至第五日癸亥時則
上元終而當換中元自甲寅甲申己巳己亥
日起甲子時至五日癸亥時則中元終而當
換下元自甲辰甲戌己丑己未日起甲子時
至第五日癸亥時又當易遁局而更換下元
為上元然是上元也必以甲子甲午己卯己
酉日為符頭若節氣未至而符頭先至為之
超若節與符頭同至為正受若節氣先至而
符頭後至為之接然接氣之後必逢正受正
受之後必有超神若超之多而過九日或過
十日或過十一日必當置閏置閏之期必芒
種大雪之間候陰陽二遁順逆之氣盡而方

可置閏以匀其氣置閏之法必超過九日若未過九日而止八日不可置閏若到芒種大雪之間止八日而未至九日自然不可置閏有大雪不能置閏逐候輪排至芒種時或超過九日或超過十日甚而有超過十一日者有芒種不能置閏逐候輪排至大雪時或超過九日或超過十日甚而有超過十一日者必到此時方可置閏

訣曰

正超接閏欲推知　逐節先須定正奇
四仲恰當交節氣　上元從此始無疑
元元逐候輪排去　正後逢超斷不移
超過旬餘斯置閏　閏餘接局又隨之
正超閏接循環轉　二至之前是閏期

閏期閏期有妙訣　神仙不肯分明說

名因何而稱愚應之曰儀者宜也奇門之書
原為行兵而設六甲為諸子之首領猶長子
為師中之將帥時宜順而順征時宜逆而逆
擊猶兵法之正遇也故曰六儀奇者反常合
法出其不意也儀方順行彼却逆應儀方逆
行彼却順来故曰三奇
六甲原號六儀名三奇即是乙丙丁
何謂六儀即六甲是何謂三奇即乙丙丁是

以上皆言奇儀之坐於地盤者按陽遁陰遁
以為順逆乃一定不易之法也
直符加在時干轉直使加於時支移十精為使
斯為貴起宮天乙用無遺
以下皆言天盤用遁之法也如陽遁幾局即
於遁九宮幾宮中將甲子戊甲戌己甲申庚
甲午辛甲辰壬甲寅癸丁丙乙按一二三四
五六七八九逐宮順數之位次布去尋出本

名因何而稱愚應之曰儀者宜也奇門之書原為行兵而設六甲為諸子之首領猶長子為師中之將帥時宜順而順征時宜逆而逆擊猶兵法之正遇也故曰六儀奇者反常合法出其不意也儀方順行彼却逆應儀方逆行彼却順來故曰三奇

六甲原號六儀名三奇即是乙丙丁

何謂六儀即六甲是何謂三奇即乙丙丁是

以上皆言奇儀之坐於地盤者按陽遁陰遁以為順逆乃一定不易之法也

直符加在時干轉直使加於時支移十精為使斯為貴起宮天乙用無遺

以下皆言天盤用遁之法也如陽遁幾局即於邊九宮幾宮中將甲子戊甲戌己甲申庚甲午辛甲辰壬甲寅癸丁丙乙按一二三四五六七八九逐宮順數之位次布去尋出本

時之旬首在某宮即知某星為直符某門為直使看時干在幾宮即加直符在幾宮是陽符順行是陰符逆行又看時支在幾宮即加直使在幾宮是陽使順行是陰使逆行地盤天盤既定然後看某門在某宮某星在某宮又看九星屬何宮其宮地盤上所坐之干支奇儀皆帶在此星之上隨其所在之宮以定吉凶如陰遁幾局即於邉九宮幾宮將甲子

戊甲戌己甲申庚甲午辛甲辰任甲寅癸丁丙乙按九八七六五四三二一逆宮逆數之次布去以為地盤看時干在幾宮即加直符在幾宮是陽符順行是陰符逆行又看時支在幾宮即加直使在幾宮是陽使順行是陰使逆行天盤地盤既定看法亦如陽遁十者一宮與九宮為十二宮與八宮為十三宮與七宮為十四宮與六宮為十自一至四皆為

陽自九至六皆為陰必精通乎一八四三之為陽使而當順九二七六之為陰使而當逆斯為貴而可用也故凡用遁甲者不拘泥遁局之陰陽但當看星門之陽者皆順行星門之陰者皆逆行無專用此而遺彼也池本理見古經中有如此用者以為經述不明隱伏之事豈知十精為使者哉

陰陽順逆妙難窮二至還鄉一九宮再審星門為變化圖書掌上如龜龍

此總結上文言陽遁中遇陰符陰使而即逆行陰遁中遇陽符陽使而即順行其奥妙之法真難窮極雖然其定地盤也冬至後還鄉一二三四五六七八九宮而順行夏至後還鄉九八七六五四三二一宮而逆行地盤既定再審星門是陽順行是陰逆行則河圖洛書之理俱呈掌上如靈龜神龍所負而出者

也

細玩歌中八門又逐九宮之句明二八門皆遊五宮而不必寄二也但符入中有星無門歌未明言其法予補之於後以便起用

歌曰

直入五宮巡狩還　勅書差遣臣方遷
時到之處即宜使　辨别陰陽順逆旋

符禽入五世人皆以五宮無門不得已而寄二不知天禽星君位也居中制外是其本方今為直符猶天子巡狩事畢還歸京師也時到之處猶天子下勅書　遣諸侯諸侯方敢離符土而出使四方也時到之

禽即直符加時到之宮門即直使星仍從干門仍從支陽者順行陰者逆行何必寄二而多事也

卷之四終

御定奇門秘訣卷之五

訂釋煙波釣叟歌中

吉門偶爾遇三奇值此雖云百事宜更合從旁
加檢點餘宮不可有微疵

既知十精為使之法而陽星門陽固順行陰星門固逆行若開休生之吉門偶遇乙丙丁之三奇誰云此非百里宜為之時乎雖然不可以為罄無不宜也更當細加檢點右在此宮吉而在彼宮不吉者即為餘宮

之疵病美微瑕豈謂全美哉

十干加伏若加錯入墓休因百事危

微疵之不可有者何哉三奇固美若乙加乙為中伏而不蔽其光丙加丙為主客相傷而紊亂綱常丁加丁為重陰而諸事宜慎此三奇加伏之疵也如乙非甲午為直符而加辛為龍逃走辛非甲午為直符而加乙為虎猖狂乙非甲辰為直符而加壬為日入天牢乙非甲寅為直符而加癸為日入地網丙非甲

敗己加癸為玉堂逢天網客勝主受驚庚加
丙為白虎入熒求謀惹驚恐庚加丁為太白
犯玉女凡為一無成庚加戊為伏青龍凡為
多破敗庚加己為刑格凡為必敗壞庚加辛
為太白逢虎主兩相鬬爭庚加壬為太白小
格凡為無進益庚加癸為太白遭天網凡為
招災殃辛加丁為太陰逢獄神諸為主憂驚
辛加戊為天庭鎖困龍凡謀枉用加辛加己

為白虎坐玉堂暗地有災殃辛加庚為天獄
相刑格暗地用機關辛加壬為天庭天牢併
主客俱勿兵辛加癸為白虎入天網主利客
受傷壬加己為天牢入地戶諸般休妄動壬
加庚為天牢併天獄知機勿妄行壬加辛為
白虎犯小格求求謀事事虧壬加癸為天牢
逢地網諸凡切莫為軍行車馬損門制被賊
擒癸加己為天網張地戶門制受驚怖癸加

之哉
乙逢犬馬丙鼠猴六丁玉女乘龍虎
犬者甲戌也馬者甲午也鼠者甲申也者甲
申也乙庚化金金必假煅煉而成器況金性
剛燥而不馴順不得大爐之火焉得鎔化而
成巨闕與大昴乎午為火旺之鄉戌為藏火
之庫此皆爐冶之地可以鎔金而鑄造者也
以化金之乙而得午戌如太甲之不順得伊

尹而處仁遷義也其不取甲寅者始然之火
豈能鎔化而成鼓鑄之功哉丙辛化水水生
於申丙得甲申如堯得禹而循源順道以治
水也水旺於子又為江河丙得甲子如堯得
禹注旺水於江河告厥成功也不取甲辰者
辰為水庫水已歸庫何用使臣為治哉丁壬
化木木旺於春寅為春之首辰為春之末自
寅至辰三春之節氣備焉丁得甲寅與甲辰

如舜受堯禪得五臣以佐理則垂裳端拱無為而治也池本理之舊本多說不去以上皆取三奇落在本局時干之六甲上者方為之得使不然乙奇臨戌謂三奇入墓乙奇臨甲午甲午與辛同宮乙加辛上謂龍逃走俱是凶格何以為之得使堪使乎

又有丁奇遊六儀號為玉女守門戶

三奇之中一奇加於甲午甲戌符頭之上丙奇加於甲子甲申符頭之上丁奇加於甲寅甲辰符頭之上固云得使而堪使然而丁之為奇更靈於乙丙不但加於甲寅甲辰堪使除此得使之外又有丁奇即不必在甲寅甲辰直符之上而但加於六甲直符者謂之遊六儀號曰玉女守門戶馬往而不得其所使哉假令冬至上元甲子在一宮辛未時用遁甲辛未是甲子旬首所管此局甲子在一宮

六丁玉女為隱蔽之神若守門戶是玉女心有私而守乎出入往来之門也若出此方則利作陰私和合之事

天三門分地四戶問君此地是何處太冲小吉與從魁此是天門私出路若走除危定與開號為地戶無人覩

太冲卯也小吉未也從魁酉也要日纏其次之後以月將加時看卯未酉落在某方即為

天三門除連月建数第二位危連月建数第八位定連月建数第五位開連月建数第十一位要立本月節後以月建加時看第二位落在何處為除第八位落在何處為危第五位落在何處為定第十一位落在何處為開即為地四户天三門地四户俱利遁亡

六合太常與太陰為地私門從貴尋更得奇門相照耀出門百事總欣欣

六合太常與太陰皆隱蔽陰私之神必分其晝夜別其順逆者六合在何支太常在何支太陰在何支即為地私門更逢開休生三吉門乙丙丁三奇與地之三私門同在一處出門百事總欣欣而無不如意

卒然有難難避退太冲天馬最為貴但當乘著天馬行劍戟如山不足畏

太冲卯也為天馬房星故為天馬若搶卒之

間遇兵戈之難避退不及只以月将加正時看卯字落在何處即從其方而逃走總有所列之劍戟如山亦可走出而不畏懼如天馬受尅落空則不必乘

天網四張無路走一二網低有路縱三四五宮行入墓八九高强任西東

天網為天盤六癸加時干地盤者是也其神有高低逃走者須審視而行若在一宮去地一尺二寸宮去地二尺猶可高蹻而過若在三四則高三四尺正當心胸之門一觸而褁在網中為之入墓如何得出若加五宮以上至八九宮謂網高八九尺可以任其東西而無碍矣

右趙公為一二私逃者言之如破陣取道必用士卒既有士卒必有旗幟之竿再在馬上必有過乎八九尺者竿觸網落受褁不免如

欲取道而出須兩臂横荷刀戟呼天輔之名曰子卿而出則天網自破而不能見累矣若臨六七八九宮其網愈高愈不可過但當隱伏以候敵至令彼觸網而自覆我可出奇而制勝如遇此時欲突圍以月將加時看天罡所指而擊則敵可破而圍可出矣

三為生分五為死盛在三分衰在五識得遊三避五時乾坤造化掌中取

此以日干與時干相較而時干之死生盛衰判然也生者日所生之干也死者日干所尅之干也三為生是連日干之位數至第三位如甲日丙時丙火是甲之第三位而為甲木所生也五為死是連日干之位數至第五位如甲日戊時戊土是甲之第五位而為甲木之所尅也不獨甲二凡干皆然盛在三者我生之旺也衰在五者我財為休也遊三者遊

細心選擇可得天道之全亨馬

直符前三六合位太陰之門在前二後一宮中為九天後二之神為九地

陽符順後一為九天後二位九地前二為太陰前三為六合陰符逆布前一為九天前二為九地後二位太陰後三為六合

起例從直符如遇甲乙丙丁戊五時為陽看天盤直符在何宮即於何宮起直符如遇已庚辛壬癸五時為陰看地盤直符坐何宮即於何宮起直符如直符入中宮無論陰陽俱從地盤起符

八神所屬之五行

直符即天乙貴神屬土　螣蛇即巳屬火　太陰即酉屬金

六合即卯屬木　白虎即申屬金一本作勾陳屬土　玄武即子屬水一本作朱雀屬火

九地即坤屬土　九天即乾屬金

九天之上好陽兵九地潛藏可立營伏兵但向

五不遇時龍不精號為日月損光明時干来尅
日干惡甲日須知時忌庚十千偏尅皆如此總
有奇門用不成
五不遇時者時干尅日干也偏尅者陽干尅
陽干如甲日庚時是也陰干尅陰干如辛日
丁時是也若夫陽干尅陰干陰干尅陽干皆
是正氣官星不忌
奇與門分共太陰三般難得總加臨若還得二

亦為吉舉措行藏必稱心
三奇星三吉星與太陰之神此三者難得同
在一宮若得二者在一宮亦為吉而舉措行
藏無不稱心也
急則從神緩從門三五反覆天道亨
如事急欲出不得吉門三奇則從其神之吉
者而出之如事緩則可以寬数日而預擇三
奇三門得其全吉而後從之必三五反覆而

太陰位若遇六合利迯行

張良曰九天之上利於陳兵孫子曰善戰者動於九天之上故曰好揚兵張良曰九地之下利於伏藏孫子曰藏於九地之下故曰潛藏可立營太陰之本宮屬酉玉帳經曰酉下則人兇不見故曰潛藏可立營六合之本宮屬卯為天馬又為隐蔽之神故利於迯而出走張良曰太陰六合之地可以迯亡

右言八神之所宜用也

八門若遇開休生諸事逢之總稱情

天心正論云開與天心所居之方位百事大吉更有奇神吉宿相加者如龍得雲雨虎入山林百事皆美諸葛云或被圍遠無路可出俱推用局出開門之下突奇而出賊兵自開其路我軍自不摧折凡人於開上以見貴人或爭訟或經營或遠行修造皆吉尋常於此

開而出路逢貴士兼得飲食若有干求必無阻隔呂才云若人嫁娶從開門上來主生貴子頭產男兒凡將兵從此方出大吉

天老云休門宜嫁娶子房云休門出兵衆情絕方乃休門無氣若有吉神得半吉或見伏吟是休門歸本此方行至一里之門有禽鳥噪者乃神之應驗萬事皆遂凡百所往皆獲吉慶

湯公云生門所臨陽氣生最宜出入揚兵獻策貢物從此方萬民歡欣衆情和悅天老云生門起造殯塟有生氣物隨方而來乃神之應得八十年之旺相呂才云生門宜避病逃亡皆吉

傷宜捕獵終須獲

雲柯云傷門只宜漁獵索債捕盜若傷門臨二穴宮木尅土大凶天老云凡百舉動皆有

不足之憂若嫁娶起造塟埋上官主遭賊盜
求利出行必主鬬爭官事口舌不出一氣之
中子房云上將出傷門兵死卧荒墳最宜避
之或有奇神吉宿方減半凶若犯此者行至
三十里見人鬬爭或禽傷物急回生門方行
八步前往則吉

杜好邀遮及隱形

子房曰杜門只宜還願隱匿斷惡伏邪入山

伐木並吉餘若出兵統衆主衆兵亂離軍伍
不整而有背心天老曰杜門所臨之方百事
不宜妄有所犯主損長吏

景上投書並破陣

雲柯註云景門小利宜上書獻策諸葛云景
門之方遇急可避凶邪亦能戰敵上將有功

驚能擒訟有聲名

諸葛云驚門只宜掩捕爭訟攻擊驚恐等事

天老云驚門所臨之方不可舉為百事立見口舌若求謁見必有怒色而不遂子房云驚門上有奇門吉宿者宜出軍兵前戰有白旗前行必獲大捷

若問死門何所主只宜弔死與行刑

雲柯註云死門宜行刑誅戮弔死送塟並射獵吉若遠行起造嫁娶主宅母死新婦凶倘死門再臨一宮以土剋水大凶郭璞云遁見死門若有奇神吉宿可以塟埋凶喪安墳舉哀皆吉西南禽鳴至即便舉事此為天祐之逃也

右言八門之各有所宜也

蓬任沖輔禽陽星英芮柱心陰宿名

此趙公以地氣之陰陽別天星之陰陽也何以知其然也氣之在於地中也自子至巳為陽自午至亥為陰子為陽之始巳為陽之極

午為陰之初亥為陰之盡陰盡則陽當生其氣種於黃泉北子為黃鍾之所由来也自子至巳為陽自午至亥為陰宜也抑又思之氣鍾於地則當風后之制奇門也以奇門管乎地故以地道分陰陽從支而别用之者不必過疑

輔禽心星為上吉

天輔字子卿為文曲星屬木分野徐州其方

宜選将出師交鋒大戰搗巢破陣授除寇兵春夏卯巳午月日加二五八宫利以為客加六七宫利以為主左右将俱大勝得地千里秋冬未得成功若嫁娶多子孫修造埋塟合震離巽坎四山不出百日得横財上官到任文選武陞入官訢冤有理者大勝有罪者赦免應舉登科出行獲利占奇門者尤吉

黄石公曰天禽之星處中宫能長生萬物九

天心字子襄武曲星屬金分野梁州其方宜
選將出師交鋒大戰搗巢破敵闢土開疆秋
冬將兵得地千里加三四宮利以為客加九
宮利以為主左右將皆大勝必成席捲之功
又宜療病服藥禱雨祈晴上官應舉百事俱
利會合奇門謂之全吉歌以輔禽心為上吉
者此也

冲任小吉未全亨

加臨方位所向皆吉
天禽字子公為廉貞星屬土分野豫州其方
萬靈咸服宜選將出師交鋒大戰鳴鑼擊鼓
吶喊搖旗四時皆吉即不戰用謀敵入屈服
加一宮利以為客加三四宮利以為主又宜
祭祀祈禳上官應舉出行移徙開門嫁娶謁
貴入官監柱修造中宮與二十四向吉無不
利如合奇門代代登科官禄不絕

黃石公遁畧云沖宿最雄萬事皆吉天道相容吕才云天沖若帶丙丁二奇臨兑宮此時用事亦利獲利如帶庚辛再加兑宫宜避之此乃氣之不盛而衰也

天沖字子翹為禄存星屬木分野青州其方止宜選將出師交鋒戰陣春夏巳午月日加二五八宫利以為客加六七宫利以為主俱左將勝秋冬不得成功除報冤捕捉外無有一利合奇門者庶變凶而為吉不合奇門凶禍不免

任者任其萬物常主生殺之柄其星遇生旺合吉門即吉遇刑尅及凶門即凶天任字子常為左輔星屬土分野兖州其方宜立國邑安社稷紀大義化人民者選將出師交鋒大戰四時皆吉神咸助敵自屈服於四季申酉月日加三四宫利以為主加一宫利以為

客若嫁娶必生貴子上官到任文吏速遷應舉登科面君謁貴商賈求財一應有為並皆大吉若立木上樑安墳埋葬斬草破土之時更興奇門會合者必主多子孫登科甲歌以天沖為未全亨也固宜若夫天任偏覽羣書不見有不吉之處亦以未全亨土者不知何也

大凶蓬芮不堪使

天蓬陰襲太衍惡曜也只宜守伏自固若時加臨凡事不可舉動必見陰賊天老遁書云天蓬之時惟隱藏寶物收納化財永無損失亦無賊盜若所臨之方合吉格亦可偷歒獲勝

天蓬字子禽為貪狼星屬水分野冀州若其方會合奇門方可安邊境修城池興作土木之上設墊堤坊之事也兵固守保障一方秋

冬亥子月日加九宫利以爲客加二五八宫

利以爲主若安墳立券斬草之時遇乙庚日

時有乙奇如此星之上必主雷電交作大風

雙鳥来應果爾則子孫昌熾若不合奇門萬

事萬凶

天蔸陽宗孚慶惡曜也即有奇門不可用事

此時用事主有失亡只宜舉喪安塟如有刑

冲萬事不宜

御定奇門秘訣卷之五終

訂釋煙波釣叟歌下

小凶英柱不精明

天英字子威為右弼星屬火分野荊州其方止宜面君謁貴上書獻策干求陞擢應舉拜表遠行上官出師交戰于四季四午月日加六七宮利以為客加一宮利以主惟豎柱上梁移徙造作（主火光）嫁娶（主產死）祭祀（主鬼神不享須合奇門方可化凶為吉）至如安葬斬草之日即與奇門會合止得平安未必有福

呂才云天柱之下有丙丁神者宜起造大吉求財亦遂緣金氣惡感而逢火氣之休故也不可出兵子房道經云天柱加時出行主車破馬死切不可游他邑往而不歸

天柱字子章為破軍星屬金分野雍州地方止宜屯兵固守堅壁待敵直至利于為客之時方可動用于秋冬申酉亥子月日加三四宮利以為客加九宮利以為主亦須與奇門會合之方而出吉若妄動者必主車破馬傷士卒敗亡左右將皆失利除藏形隱跡外並無一利

大凶無氣變為吉小凶無氣亦同之

大凶星猶大惡人也大惡得世為惡愈甚若惡人失勢則不能為惡只得為善而已大凶小凶之有氣無氣亦猶是也本理引三元經

註此二句以為若大凶之星得旺相之氣則小凶若小凶星得旺相氣則中正與歌相反不知歌中所言實為不易之理讀者詳之

吉宿更能逢旺相萬舉萬全功必成若遇休囚并廢没君君不必進前程

吉宿猶仁人也逢旺相猶得位也仁人得位則發政施人無往而不仁若一失位雖有仁心不能施於政事之間亦徒然耳若吉宿休

囚廢没猶仁人之失位也總有福人之心而無福人之權雖欲進而向前吉宿何益於我哉勸君且止而不能進也

要識九星配五行合隨八卦考羲經坎蓬星水離英火中宮坤艮土為營乾兑為金震巽木旺相休囚看重輕

欲知九星之五行當隨八卦而辦之如坎為天蓬而屬水離為天英而屬火中五為天禽

月也

假令水宿號天蓬相在初冬與仲冬旺於正二

休四五其餘倣此自研窮

假令坎卦屬水其宿號為天蓬旺在初冬亥水之月與仲冬子水之月是坎為水行亥子亦為水而與坎同行故為相也正月寅二月卯俱是水行而為坎水之所生故為旺也四月巳五月午俱是火行為坎水之所尅而為

坎水之財故為休他如七月申金八月酉金俱生坎水之月為坎水之父母而為廢三月辰六月未九月戌十二月丑俱屬土行以尅坎水為坎水之鬼非其囚者乎其餘八宮皆倣此而細加研窮則其相旺廢休囚可得而知也

天目客分地目主六甲隨遁順逆取地因局定
天因宮星歷九分門趋五

此言行兵之法也以天盤視之為客地盤視之為主如天盤尅地盤或天盤上之奇儀干支尅地盤上之奇儀干支則客勝主如地盤尅天盤或地盤上之奇儀干支尅天盤上之奇儀干支則主勝客其起天盤地盤之法必先本局之中視陰陽二遁之幾局即於幾宮首一位起甲子戊次一位起甲戌己次三位起甲申庚次四位起甲午辛云云是陽遁則

更得宜符直使利兵家居此最爲利常以此地
擊其冲百戰百勝君須記
直符爲九宫之首領直使爲八門之首領所
以兵家貴之若用兵者既爲客而得爲客之
所宜爲主而得爲主之所宜又得直符直使
而居之以擊其對冲之宫則百戰而百勝矣
天乙之神所在宫大將宜居擊對冲假令直符
居離九天英坐取擊天蓬

順行是陰遁則逆行至於地盤則以遁局之
陰陽定順逆而天盤則以宫位之陰陽定逆
順星則以一二三之次序遍歷九宫門則必
趨五而步乾焉此天地氣運自然之流行何
必専一休生傷杜景死驚開為序因中宫之
無門將星與門皆寄於二哉池本理以卯為
天目酉為地耳作解者彼不知釣叟歌中目
字當作視字看而謬為註釋也

湯謂曰第一勝天乙宮第二勝九天宮第三勝生門宮天乙即直符也必視直符之陰陽以用天盤地盤之直符陽本乎天本乎天者親上如直符是陽則取天上直符所臨之宮坐而擊其對沖陰本乎地本乎地者親下如直符是陰則取地下直符所立之宮坐而擊其對沖然是對也冲止論所居之八方不論其星門之本位如云背生而定要擊死則將

背亭亭而定要擊白奸乎若用五宮寄二法則背生而可以擊死若用趋五步乾之法宮九門人馬得有對即歌中所云天英坐取擊天蓬者亦止言其坐離擊坎以離宮有天英坎宮有天蓬耳非謂天英為直符定要擊天蓬也不知古人之書皆專言其背擊者專言其擊如執背孤擊虛之法而謂背生者必擊死古人背亭亭擊白奸用四孟加於寅午或

假令正月亥將午時尋白奸則亥為孟神臨午午即白奸所在之方也亭亭在未白奸在午豈能相對乎

甲乙丙丁戊陽時神居天上君須知坐擊全憑天上奇陰時地下亦如之

甲乙丙丁戊五時為陽陽本乎天本乎天者親上故神居天上欲坐其方而擊其冲當憑天盤上之奇神而攻之己庚辛壬癸五時為

三支之上白奸白奸是孟亭是仲孟與仲萬
不相對豈得如空亡為孤對冲為虛之一定
相對乎
附亭亭白奸於左
何謂亭亭月將加時看神后落處即亭亭之所
在也假令正月亥時午時尋亭亭則子為神
后臨未未即亭亭所在之方也何謂白奸月
將加時寅午戌上見孟神即白奸之所在也

陰陰本乎地本乎地者親下故神居地下欲
坐其方而擊其冲當憑地盤上之奇神而攻
之
若見三奇在五陽偏宜為客自高强忽然逢着
五陰位又宜為主好裁詳
五陽時則奇神皆在天上天盤為客故宜為
客五陰時則奇神皆在地下地盤為主必裁
詳其下生尅而用之則百戰而百勝焉

以下九遁又統言其格也
天地人分三遁名
奇門之格其最大者有九遁而九遁之中首
重三遁三遁惟何曰天曰地曰人有此三遁
之名使不縷析而條分之亦不知其實之不
同也
天遁月精華蓋臨
凡丙奇臨生門下合六丁不犯奇墓門迫者

得月精所蔽其方可以稱將帥之權以作戰

使敵自伏更宜上策獻書求官進職修身隱

跡剪惡除醜市價出行百事如宜婚姻入宅

往來大吉

地遁日精紫雲蔽

凡乙奇開門相合下臨六己得日精所蔽其

方可伏藏銳卒置寨安營建府造倉廩築垣

安墳求仙避跡出軍攻戰全勝而歸

人遁當知是太陰

凡丁奇與休門相合以臨太陰之位得星精

所蔽其方可以擇賢人求猛將說敵和仇三

事並吉更宜結婚姻進人口和合交易利市

十倍若伏藏獻策並為十全

生門六丙合六丁此為天遁自分明開門六乙

合六己地遁如斯而已矣休門六丁共太陰欲

求人遁無過此要知三遁何所宜藏形避跡斯

為美

鮮俱見前

天上六乙合六辛臨三吉門雲遁取

凡天上六乙合地下六辛臨開休生三吉門為雲遁其方可以求雨澤助農稼以候雲應

天上六乙合三門下臨巽宮風遁矣

凡天上六乙合開休生三門於巽宮為風遁其方可方禱祭風伯以助火功豎立旌旂以候風應

日奇合休於坎宮此為龍遁雲從起

凡日奇與休門相合下臨六或坎宮為龍遁其方可以祭龍神祈雨澤計量江面把守河津教習水戰參軍機謀造置水櫃下盤開江填堤塞河修橋穿井以候龍應

天上六乙合六辛臨休到艮虎遁名

凡天上六乙合地下六辛臨休門到艮宮為

虎遁其方招安叛逆設伏邀擊計量要路據險守禦建立山寨措置關隘設險修危以候虎應此必艮宮地盤有本局本時之甲午為直符又有六乙與休門同到艮宮方合此格不然則為龍逃走矣

天上六丙合九天再合生門神遁然

凡天上六丙與生門相合臨於九天之位是得神靈之蔽其方可以祭神用聖術畫局運

籌步斗躡罡以候神應

天上六丁合九地臨於杜門鬼遁利

凡天上六丁與休門相合臨於九地之位是得鬼神隱伏之蔽其可方以偵探機偷營寨設伏攻虛竊伺動靜遺亡詭書使敵中計以候鬼應

知此六遁合三遁用者隨機而取慶

知此雲風龍虎神鬼之六遁合上天地人之

三遁用奇門而作事者當相其機而隨時至宜以取九遁之何局則利於何事無不得其吉慶也下又言何兵之時格有吉凶宜辨

庚為太白丙熒惑庚丙加相誰會得

庚生於巳得祿於申旺於酉乃西方金星號為太白丙生於寅得祿於巳旺於午乃南方火星號為熒惑誰字即指庚丙而言會者謂天盤之丙或加地盤之庚上天盤之庚或加地盤之丙上金火相尅本不相合故云誰會得

加一宮兮戰於野同一宮兮戰於國

庚與丙會不得者何也庚為賊丙為官兵若加在一宮是兵與賊相戰於國然加一宮者時常有之同一宮惟甲子日丙寅時是真丙與庚同宮也除此則無

六庚加丙白入熒六丙加庚熒入白

天盤六庚加地盤六丙乃金入火鄉為白入熒天盤六丙加地盤六庚乃火入金鄉為熒入白

白入熒兮賊即來熒入白兮賊須滅

庚為賊丙為官兵以賊而加於官兵之上是賊不畏兵故賊即來以官兵而加於賊之上是以去殺賊故賊須滅

丙為勃兮庚為格格則不通勃亂逆

勃即本文所謂亂逆也格即本文所謂不通也丙為官兵則宜守法一不守法而妄加則必刁抗亂逆庚既天賊則必刼掠一經刼掠則必道路阻塞不通

丙加天乙為伏符天乙加丙為飛勃

凡天上六丙加天乙為伏符勃天乙加丙為天乙飛勃俱主綱紀紊亂凡六丙加於年月日時之干並直符之上者俱為之勃何也年

干為君月干主帥日干己身時干妻子以官兵而不論己之君帥人之自家妻子安加於其上亂逆殊甚故謂之勃

庚加日干為伏干日干加庚飛干格

六庚為天賊加於日干之上即為伏干格日干若遇六庚臨此名伏干格相侵此時戰鬪均不利大都為主必遭擒今日之干加六庚謂飛干格日干反臨庚飛干格偏明爭戰俱不利為客更平平

庚加直符天乙伏

六庚加直符名為天乙伏宮格庚加直符宮伏干格為宗交鋒多不利為客還成功　此時訪人不在來人不來

直符加庚天乙飛

直符加六庚名為天乙飛宮格飛宮何以名直符加六庚　兩敵俱不利為主似還贏

此時宜固守城池不可輕出若出而應敵大
將遭擒
庚加癸分為大格
癸為天藏以天賊入於其中則無可搜擒故
謂大格太白庚加癸圖謀未可通求人終不
見百事總成空
加己為刑最不宜
己為地户以天賊至於其所必大遭刑戮故

為刑格刑格相逢事不寧只宜固守事且停
己下凡為招破敗三門若遇亦非亨　此時
出軍車破馬傷中道而止士卒逃亡
加壬之時為上格又嫌歲月日時罹
壬為天牢以天賊而加於其間大有刼獄之
象故為上格又所嫌者加於歲月日時之干
占用兵年干為君月干為大將日干為己身
時干為士卒占家宅年干為父母月干為伯

叔日干為已身時干為妻子看庚加於何干之上則主何人凶災若庚為直則十時皆為時格

更有一般奇格者六庚甚勿加三奇此時若也行兵去疋馬隻輪無返期

六庚為賊人三奇為官兵以賊人加於官兵之上固不利行軍雖然亦不可執一而論如六庚加丙丁奇天英景門為下尅上先舉者

凶其謂疋馬隻輪無返期也固宜倘六庚加乙奇冲輔傷杜以上尅下先舉者勝疋馬隻輪能敵萬人此主客之地不可不辨也

六癸加丁蛇夭矯六丁加癸雀投江

癸屬水為北方龜蛇之象王璋曰天上六癸加地下六丁名螣蛇夭矯此時百事不利為主者更甚丁屬火為南方朱雀之象王璋曰天上六丁加地下六癸名朱雀投江此時百

事皆凶為客者尤惡

六乙加辛龍逃走六辛加乙虎猖狂

乙屬木為東方青龍之象壬璋曰天上六乙加地下六辛名青龍逃走此時不宜舉兵主客兩傷為客更甚辛屬金為西方白虎之象壬璋曰天上六辛加地下六乙名白虎猖狂此時不宜舉事主客俱損為主尤凶

請觀四者是凶神百事逢之莫措手

五行陰陽和則吉不和則凶若夫陽干尅陰干為合如甲尅己即甲與己合也陰干尅陽干為官如甲受辛尅即甲以辛為官也至於陰遇陰尅陽遇陽尅皆為鬼而不和此乙辛丁癸四干俱以陰干而尅陰干其禍莫救故曰是凶神

丙加甲兮鳥跌穴甲加丙兮龍返首

丙屬火為朱雀鳥也甲屬木為雀巢穴也鳥

洪曰六丙加六甲名飛鳥跌穴陰陽二遁逢此時百為俱吉出兵行營為客更利甲屬木為青龍下受上生為返首葛洪曰天甲加地而名青龍返首陰陽二遁逢此局百事俱利即無吉門動往攸宜出兵行營為主尤吉

只此三者是吉神為事如意十八九

言飛鳥跌穴青龍返首之二局是大吉之神也更得吉門行兵出戰大勝求名遂意求財獲息造塋嫁娶百事如意

節氣推移時候定陰陽順逆要精通三元積數成六紀天地都來一掌中

一歲之節氣自冬至而小寒而大寒自立春而雨水而驚蟄自春分而清明而穀雨自立夏而小滿而芒種為節氣之陽也自夏至而小暑而大暑自立秋而處暑而白露自秋分而寒露而霜降自立冬而小雪而大雪為節